AF450509

ESTAMPES ANCIENNES

DES ÉCOLES FRANÇAISE & ANGLAISE DU XVIIIe SIÈCLE

APPARTENANT A M. L. Q.

N° 19 DU CATALOGUE

Vente des 6 et 7 Décembre 1906

COMMISSAIRE-PRISEUR

Me F. LAIR-DUBREUIL

EXPERTS

ESTAMPES ANCIENNES

DU XVIIIᵉ SIÈCLE

IMPRIMÉES EN NOIR ET EN COULEURS

APPARTENANT A M. U. Q.

ET A DIVERS

CATALOGUE

DES

ESTAMPES

ANCIENNES DU XVIIIᵉ SIÈCLE

DES ÉCOLES FRANÇAISE ET ANGLAISE

Imprimées en noir et en couleurs

PIÈCES SUR LES SPORTS

PAR OU D'APRÈS :

BARTOLOZZI, BAUDOUIN, BEECHY, BERTHAULT, BIGG, BOILLY, BONNET,
BOSIO, BOUCHER, CHALLE, CHARDIN, COSWAY,
COUSINS, DEBUCOURT, DESRAIS, FRAGONARD, FREUDENBERG, HUET,
VAN HUYSUM, JANINET, LANCRET, LAVREINCE, LAWRENCE, LÉLY, LEVACHEZ,
MALLET, MARIN, MOREAU, MORLAND, REGNAULT, REYNOLDS,
ROMNEY, SAINT-AUBIN, SCHALL, SERGENT, SMITH, TAUNAY, VERNET,
WATTEAU, WHEATLEY, WILLE, ETC.

FORMANT LA COLLECTION DE M. U. Q.

Estampes Anciennes appartenant à divers

DONT LA VENTE, AUX ENCHÈRES PUBLIQUES, AURA LIEU

HOTEL DROUOT, SALLE Nᵒ 6

LES JEUDI 6 ET VENDREDI 7 DÉCEMBRE 1906

à 2 heures 1/4

COMMISSAIRE-PRISEUR

Mᵉ LAIR-DUBREUIL, 6, rue de Hanovre

EXPERTS

MM. P. ROBLIN, M. PAULME & B. LASQUIN FILS

65, rue Saint-Lazare | 10, rue Chauchat — 12, rue Laffitte

EXPOSITION PARTICULIÈRE

Le Mardi 4 Décembre 1906, de 1 h. 1/2 à 6 heures

EXPOSITION PUBLIQUE

Le Mercredi 5 Décembre 1906, de 1 h. 1/2 à 5 h. 1/2

CONDITIONS DE LA VENTE

Elle sera faite au comptant.

Les adjudicataires paieront *dix pour cent*, en sus des enchères.

Les expositions particulière et publique mettant MM. les amateurs à même de se rendre compte de l'état et de la nature des pièces, aucune réclamation ne sera admise, une fois l'adjudication prononcée.

Les experts se réservent la faculté de diviser ou de rassembler les lots, et rempliront, aux conditions d'usage, les commissions que voudraient leur confier les amateurs.

N. B. — *La plupart des estampes sont encadrées. Pour celles en feuilles, MM. les amateurs pourront les examiner 65, rue Saint-Lazare, du mardi 27 novembre au samedi 1er décembre 1906.*

ORDRE DES VACATIONS

Le Jeudi 6 Décembre 1906 . . . .   1 à 135
Le Vendredi 7 Décembre 1906 . . . .   136 à 168

DÉSIGNATION

ALEXANDER (D'après D.)

1 — *Grant* (The R' Hon. lady Anne Margaret) of
Grand, par W. Read, 1828.

> Très belle épreuve imprimée en couleurs. Grandes
> marges.

AUBERT (D'après L.)

2 — Le Billet doux, par Cl. Duflos.

> Très belle épreuve. Marges.

AVED (D'après)

3 — Portrait de Madame Aved, assise et tenant un
rouet, par Balechou.

> Très belle épreuve. Grandes marges.

BALLONS (Pièce sur les)

4 — EXPÉRIENCE DU PARACHUTE, avec portrait de A.-J. Garnerin au bas, dessiné et gravé par Simon Petit.

Très belle épreuve. Petites marges.

BARTOLOZZI (Fr.)

5 — *Beauclerck* (The Right Honorable lady Catherine). Ovale, d'après F. Cotes, 1778.

Très belle épreuve imprimée en couleurs. Petites marges.

BARTOLOZZI (Fr.)

6 — *Marie-Christine*. Archiduchesse d'Autriche, Duchesse de Saxe-Teschen, gouvernante générale des Pays-Bas. In-fol., d'après le Chevalier Roslin, 1782.

Très belle épreuve. Petites Marges.

BARTOLOZZI (Fr.)

7 — *Nivernois* (Marie-Thérèse de Brancas, Duchesse de). In-4°.

Très belle épreuve imprimée en biste. Marges.

BARTOLOZZI (Fr.)

8 — *Wallis* (Miss), dessiné et gravé par l'artiste, 1795.

> Très belle épreuve de ce joli portrait qui fait pendant à la *Miss Farren*. Petites Marges. Très rare.

BARTOLOZZI (Fr.)

9 — BLIND MAN DUFF, d'après Ang. Kauffmann. In-4°.

> Très belle épreuve, avant la lettre, imprimée en bistre. Marges. Rare.

BARTOLOZZI (Fr.)

10 — SIMPLICITY, d'après Sir Joshua Reynolds, 1809.

> Très belle épreuve imprimée en bistre. Marges.

BAUDOUIN (D'après P.-A.)

11 — LE CARQUOIS ÉPUISÉ, par N. De Launay (E. B., 11).

> Très belle épreuve. Marges.

BAUDOUIN (D'après P.-A.)

12 — L'AGRÉABLE NÉGLIGÉ, par F. Janinet (E. B. 28).

> Très belle épreuve imprimée en couleurs. Petites marges.

BAUDOUIN (D'après P.-A.)

13 — Le Coucher de la Mariée, gravé à l'eau-forte par J.-M. Moreau le Jeune et terminé au burin par Simonet (E. B., 16).

Très belle épreuve. Marges.

BAUDOUIN (D'après P.-A.)

14 — Le Lever.

— La Toilette.

Deux charmantes pièces faisant pendants, gravées par Massard et Ponce. (E. B., 29 et 48.)

Très belles épreuves. Grandes marges.

BAUDOUIN (D'après P.-A.)

15 — Le Matin.

— Le Soir.

Deux pièces faisant pendants, gravées par De Ghendt. (32, 46.)

Superbes et rares épreuves avant toutes lettres et avec la tablette blanche. Dans cet état, les épreuves sont *découvertes*.

BAUDOUIN (D'après P.-A.)

16 — Le Matin, par de Ghendt (32).

Superbe épreuve avant la lettre et avec la tablette blanche. Dans cet état, la pièce est découverte. Marges. Très rare.

BAUDOUIN (D'après P.-A.)

17 — PERRETTE, par Ch. Guttenberg (E. B., 36).
Superbe épreuve avant toutes lettres. Petites marges.

BEECHY (D'après W.)

18 — *Mellon* (Miss.) in the Character of Volante in the Honey Moon., par C. Turner.
Très belle épreuve imprimée en couleurs. Marges.

BELL (E.)

19 — INFANCY. 1797.
Superbe épreuve imprimée en couleurs. Grandes marges.

BERTAUX (D'après)

20 — LE CHARLATAN ALLEMAND.
— LE CHARLATAN FRANÇAIS.
Deux estampes faisant pendants, gravées par Helman, en 1777.
Très belles épreuves, la seconde est avant la dédicace. Marges.

BERTHAULT (A Paris chez)

21 — LES DISEURS DE BONNE AVENTURE, médaillon. In-4°.
Très belle épreuve imprimée en bistre, à toutes marges.

BOILLY (D'après Louis)

22 — L'AMANT FAVORISÉ.

— LA COMPARAISON DES PETITS PIEDS.

> Deux belles estampes in-fol. faisant pendants, gravées par Chaponnier.
> Belles épreuves en couleurs. Marges.

BOILLY (D'après Louis)

23 — L'AMOUR COURONNÉ.

— L'OPTIQUE.

> Deux estampes in-fol. faisant pendants, gravées par Cazenave.
> Superbes épreuves avant la lettre, les noms d'artistes tracés à la pointe. Marges.

BOILLY (D'après Louis)

24 — LE CADEAU, par J. Bonnefoy.

> Très belle épreuve imprimée en couleurs. Grandes marges.

BOILLY (D'après Louis)

25 — SUITE DE LA DOUCE IMPRESSION DE L'HARMONIE, par F.-J. Wolff.

> Très belle épreuve imprimée en couleurs. Marges.

BONNET (L.-M.)

26 — *Du Barry* (Madame la comtesse). In-8° ovale, cadre orné. Gravé au pointillé, par Louis Bonnet, 1769.

> Très belle épreuve imprimée en couleurs, en imitation de pastel. Petites marges. Très rare.

BONNET (L.-M.)

27 — Bouquet de fleurs, d'après Carle.

> Superbe épreuve imprimée en couleurs. Grandes marges.

BOREL (D'après Ant.)

28 — Le Paysan mécontent, par J.-B. Morret.

> Très belle épreuve imprimée en couleurs. Marges.

BOSIO (D.)

29 — Bal de Société.

> Très belle épreuve en couleurs. Marges.

BOSIO (D.)

30 — Le Coucher des ouvrières en linge.

— Le Lever des ouvrières en linge.

> Deux pièces faisant pendants.
> Très belles épreuves en couleurs. Marges.

BOUCHER (D'après Fr.)

31 — LES CHARMES DU PRINTEMPS, par J. Daullé.

Très belle épreuve. Grandes marges.

BOUCHER (D'après Fr.)

32 — PENSENT-ILS AU MOUTON? par Mme Jourdan.

Superbe épreuve avant la lettre. Grandes marges.

BOUCHER (D'après Fr.)

33 — PENSENT-ILS AU RAISIN, par J.-Ph. Le Bas.

Très belle épreuve. Grandes marges.

BOUNIEU (D'après M.-H.)

34 — LES REVERS DE LA FORTUNE.

— L'ESPOIR D'UN HEUREUX JOUR.

Deux pièces faisant pendants, gravées par L.-M. Bonnet.

Très belles épreuves avant toutes lettres, imprimées en couleurs. Marges.

BOUTELOU (L.)

35 — *Caroline*, reine de Naples. In-8°, cadre orné, 1786.

Très belle épreuve imprimée en couleurs. Petites marges.

CAMPTON et **J. HERRING** (D'après)

36 — PRIX SPÉCIAL DE 5,000 FRANCS. Chantilly, mai 1841.

— PRIX DU JOCKEY-CLUB : 7,000 FRANCS. Chantilly, mai 1841.

> Deux pièces grand in-fol. faisant pendants, gravées par Ch. Hunt.
> Très belles épreuves en couleurs. *Subscrivers proof* Grandes marges. Rare.

CANOT (D'après Ph.)

37 — LE MAITRE DE DANSE, par Le Bas. 1745.
> Très belle épreuve. Grandes marges.

CARDON (A.)

38 — *Donegall* (This print of the marchioness of). Mrs May. Miss May and the Earl of Belfast. In-fol., 1801.
> Très belle épreuve. Petites marges.

CHALLE (D'après M.-A.)

39 — LA BELLE TOILETTE, par L. M. Bonnet.
> Très belle épreuve imprimée en couleurs. Marges. (C'est la reproduction ancienne des *Appas multiples*, gravée par Dennel.)

CHARDIN (D'après J.-B.-S.)

40 — LA GOUVERNANTE, par Lépicié, 1739 (E. B., 24, A.).

Très belle épreuve. Marges.

CHARDIN (D'après J.-B.-S.)

41 — LA MÈRE LABORIEUSE, par Lépicié, 1740 (E. B., 35, A.).

Très belle épreuve. Marges.

CHARDIN (D'après J.-B.-S.)

42 — LE NÉGLIGÉ OU LA TOILETTE DU MATIN, par Le Bas, 1741 (E. B. 38, A.).

Très belle épreuve à toutes marges. Rare en pareille condition.

CHARDIN (D'après J.-B.-S.)

43 — L'OUVRIÈRE EN TAPISSERIE, par J.-J. Flipart (E. B., 40).

Très belle épreuve. Marges. Très rare.

CIPRIANI (D'après G.-B.)

44 — PORTRAIT OF A GIRL., par R. Earlom, 1787.

Très belle épreuve imprimée en couleurs. Grandes marges.

COSWAY (D'après R.)

45 — *Cumberland and Strathern* (Her Royal Highness the Dutchess of). In-4º en pied, par J.-K. Sherwin.

> Très belle épreuve imprimée à la sanguine. Rognée de trois côtés.

COSWAY (D'après R.)

46 — *Duff* (Mʳˢ), par John Agar, 1807.

> Très belle épreuve. Grandes marges.

COUSINS (Samuel)

47 — *Croker* (Miss.), d'après Sir Thomas Lawrence.

> Très belle épreuve. Petites marges et doublée.

COUSINS (Samuel)

48 — *Dower* (The Right Honᵇˡᵉ Lady), d'après Sir Thomas Lawrence, 1831.

> Très belle épreuve du 1ᵉʳ état avec les armoiries. Grandes marges.

COUSINS (Samuel)

49 — *Gower* (The Countess) and the lady Elisabeth Leveson Gower, d'après Sir Thomas Lawrence, 1832.

> Très belle épreuve. Grandes marges.

COUSINS (Samuel)

50 — *Lambton* (Master), d'après sir Thomas Lawrence, 1827. In-4°, à la manière noire.

Portrait du dernier fils de John Georges Lambton. (Earl of Durham en 1833.) En pied, de face, assis sur un rocher, la tête appuyée sur le bras gauche, en costume de velours.

Belle épreuve sur papier de Chine. Très grandes marges.

COUSINS (Samuel)

51 — *Lyndhurst* (Lady), d'après sir Thomas Lawrence, 1836. In-4°, à la manière noire.

Superbe épreuve du 1er tirage. *roof.* A toutes marges Rare.

COUTELLIER

52 — *Olivier* (Mlle), de la Comédie-Française. In-4°.

Superbe épreuve imprimée en couleurs, avant l'adresse et la dédicace. Grandes marges.

CRAIG (D'après W.-M.)

53 — *Mullens* (Mrs). In-4° en pied, par Hen. Landseer.

Très belle épreuve avant la lettre. Grandes marges

DAGOTY (Louis Gautier.)

54 — L'Enfant prodigue. In-fol.

> Très belle épreuve imprimée en couleurs. Grandes marges.

DANLOUX (D'après)

55 — *Lamballe* (Mar.-Thér.-Louise de Savoye-Carignan, princesse de). Ovale in-4°, par Ruotte.

> Très belle épreuve imprimée en couleurs. Marges.

DEBUCOURT (P.-L.)

56 — La Promenade publique, 1793 (M. F., 33).

> Pièce capitale du maître. In-fol. en larg.
> Très belle épreuve imprimée en couleurs. Marges du cuivre.

DEBUCOURT (P.-L.)

57 — Minet aux aguets (M. F., 57).

> Gravure à l'aquatinte, traits d'eau-forte et pointillé.
> Très belle épreuve imprimée en couleurs. Marges.

DEBUCOURT (P.-L.)

58 — La Poste russe, d'après Sauerweid. (M. F., 205).

> Très belle épreuve en couleurs. Grandes marges.

DEBUCOURT (P.-L.)

59 — Vent devant.

— Vent debout.

> Deux pièces faisant pendants (M. F., 312-313).
> Très belles épreuves en couleurs. Grandes marges.

DEBUCOURT (P.-L.)

60 — Promenade anglaise (M. F., 335).

— Marche d'Officiers anglais (337).

— Rencontre d'Officiers anglais (338).

— Le Gouter des Anglais (393).

> Quatre pièces imprimées en couleurs de la collection des costumes, dessinés d'après nature et commencée en 1814.
> Très belles épreuves. Grandes marges.

DE GOUY

61 — Chu-u-u, *gravé d'après l'original de Chaponnier : « Titre anglais ».*

> Charmante petite pièce ovale. Gravure en contre-partie de *The officious waiting woman*, d'après Challe.
> Très belle épreuve imprimée en couleurs. Marges.

DEMARTEAU (Gilles)

62 — La Laitière, d'après J.-B. Huet (de L. 407.

> Très belle épreuve aux crayons de couleurs. Sans marges.

DEPEUILLE (A Paris chez)

63 — LE SÉRAIL OU LE TURC A PARIS.

Belle épreuve coloriée. Marges.

DESRAIS (d'après Cl.-Ch.)

64 — FEUILLE DE COIFFURES, huit sujets sur une feuille, par Dupin.

Très belle épreuve.

DESRAIS (Cl.-Ch.)

65 — LES DUCS ET DUCHESSES DE LA FAMILLE D'ORLÉANS, quatre portraits sur la même feuille.

Belle épreuve en couleurs. Petites marges.

DICKINSON (W.)

66 — DEUX DAMES LISANT UNE LETTRE.

Très belle épreuve imprimée en bistre. Petites marges.

EISEN LE PÈRE (D'après Fr.)

67 — AMUSEMENT DE LA JEUNESSE, par M. S. Carmona, 1761.

Très belle épreuve, avec de grandes marges.

FRAGONARD (D'après H.)

68 — Le Baiser amoureux, par Marchand.

> Très belle épreuve à toutes marges, non ébarbées.
> Rare en pareille condition.

FRAGONARD (D'après H.)

69 — Le Baiser a la dérobée, par N.-F. Regnault.

> Très belle épreuve. Marges.
> Cadre ancien en bois sculpté et doré, de l'époque
> Louis XVI.

FRAGONARD (D'après H.)

70 — L'Education fait tout.
— Le Petit Prédicateur.

> Deux charmantes pièces faisant pendants, gravées par
> N. De Launay.
> Très belles épreuves. Marges du cuivre.

FRAGONARD (D'après H.)

71 — Par eux l'amour l'éclaire, par Castel.

> Très belle épreuve. Marges.

FRAGONARD (D'après H.)

72 — Le Petit Prédicateur, par N. De Launay.

> Superbe épreuve avant la dédicace. Toutes marges.

FRAGONARD (D'après H.)

73 — SAPHO, par Mlle Aug. Papavoine.

> Très belle épreuve imprimée en couleurs. Toutes marges.

FRAGONARD (D'après H.)

74 — LE VERRE D'EAU, par N. Ponce.

> Belle épreuve. Marges.

FREUDENBERG (D'après S.)

75 — LE PETIT JOUR, par N. De Launay.

> Très belle épreuve. Marges.

GAINSBOROUGH (D'après Th.)

76 — *Wales* (His Royal Highnes Georges Prince of), représenté en pied, près de son cheval. In-fol., par J.-R. Smith.

> Superbe épreuve avec le titre en lettres tracées. Marges. Très rare.

GARDNER (D'après)

77 — *Miss Elisabeth Ann Cooper and Master Frederic Grey Cooper*; Children of Grey Cooper. Esq. In-fol., à la manière noire, par T. Watson, 1775.

> Très belle épreuve du 1er État avant les noms des artistes, et avant la tablette inférieure, ajoutée par la suite.

GARNERAY (D'après F.-J.)

78 — LA JARRETIÈRE, par Michault et Le Grand.

> Superbe et très rare épreuve avant la lettre, seulement les noms des artistes, tracés à la pointe. **Marges.**

GÉRARD (Mlle). **LE PRINCE** (D'après)

79 — LE BONHEUR DU MÉNAGE.

— REGRETS MÉRITÉS.

> Belles épreuves. Marges.

HARLOW (D'après G.-H.)

80 — *Stephens* (Miss), gravé à la manière noire par W. Say, 1816.

> Très belle épreuve. Grandes marges.

HARRIS (J.)

81 — THE SCARBRO' STEEPLE-CHASE, 1851, d'après J.-S. Harland. In-fol. en larg.

> Très belle épreuve en couleurs. Grandes marges.

HERRING (D'après J.-F.)

82 — *Chorister*. The winner of the Great Saint-Léger Stakes at Doncaster, 1831.

— *Mündig*. The winner of the Derby Stakes at Epsom, 1835.

> Deux portraits de chevaux faisant pendants, gravés par C. Hunt.
> Très belles épreuves anciennes. Grandes marges.

HOPPNER (D'après J.)

83 — *Sophia Western*. Portrait de Mrs Phœbe Hoppner, femme de l'artiste, par J.-R. Smith.

>Très belle épreuve imprimée en couleurs. Petites marges.

HUCK (D'après Gerhard)

84 — Le Nid.

— Les Petits Chiens.

>Deux pièces in-fol. faisant pendants, gravées à la manière noire par Val. Green.
>Belles épreuves. Petites marges.

HUET (D'après J.-B.)

85 — La Jarretière, par L. Bonnet.

>Très belle épreuve imprimée en couleurs, *avec les arabesques* sur le fond de l'estampe. Marges.

HUET-VILLIERS (D'après)

86 — Mr *Deshayes* et Mlle *d'Egville* dans le ballet-pantomime d'Achille et Deidamie. In-fol., par Cardon.

>Très belle épreuve imprimée en couleurs. Marges.

HUYSUM (D'après Van)

87 — A Fruit Piece.

— A Flower Piece.

Deux pièces faisant pendants, gravées à la manière noire par R. Earlom.
Très belles épreuves, rehaussées de couleurs. Sans marges.

ISABEY (D'après J.-B.)

88 — *Dugazon* (Mme). Ovale, par Monsaldy.

Très belle épreuve imprimée en couleurs, avec le cachet. Marges.

JANINET (Fr.)

89 — Le Baiser de l'Amitié.

— Le Baiser de l'Amour.

Deux pièces faisant pendants, d'après Doublet.
Très belles épreuves imprimées en couleurs. Grandes marges.

JANINET (Fr.)

90 — La Chaumière flamande

— La Tabagie hollandaise.

Deux pièces faisant pendants, d'après Ostade.
Belles épreuves imprimées en couleurs. Marges.

JANINET (Fr.)

91 — 1ʳᵉ, 2ᵉ et 3ᵉ VUES DE L'HOTEL ROYAL DES INVA-
LIDES. Trois pièces in-4° ovales, d'après Durand.

Très belles épreuves imprimées en couleurs. Grandes
marges.

JAZET

92 — LA PLUYE D'ORAGE, OU LE DÉSAGRÉMENT DE
DINER EN PLEIN AIR.

Très belle épreuve imprimée en couleurs. Marges.

JORDAN (Published by J.-S.)

93 — *Marie-Antoinette*. Queen of France. Buste
dans un ovale, profil à gauche, coiffure à aigrette,
corsage décolleté, garni de ruches.

Très belle épreuve imprimée en couleurs. Sans marges. Très rare. « Lord Renald Gower, n° 199. »

KONIG (F.-N.)

94 — DER ABEND-SITZ.

— DER KILTGANG.

— DIE KINDS-TAUFFE.

Trois pièces intéressantes sur les mœurs et les costumes des habitants du canton de Berne, dessinées et
gravées par l'artiste.

Très belles épreuves en couleurs. Marges.

LANCRET (D'après Nic.)

95 — LE JEU DU PIED DE BŒUF, par de Larmessin.
Belle épreuve.

LANCRET (D'après Nic.)

96 — LE MAITRE GALANT, par J.-Ph. Le Bas.
Très belle épreuve. Grandes marges.

LANCRET (D'après Nic.)

97 — RÉCRÉATION CHAMPÊTRE (E.-B., 68bis).
Reproduction en contre-partie de l'estampe originale.
Très belle épreuve. Grandes marges.

LANCRET (D'après Nic.)

98 — REPAS ITALIEN, par J.-Ph. Le Bas.
Très belle épreuve avec de grandes marges.

LAVREINCE (D'après Nic.)

99 — L'ASSEMBLÉE AU SALON, par Dequevauviller
(E.B., 6).
Superbe épreuve avant la lettre, seulement le titre tracé
en lettres grises. Marges. « C'est la pièce la plus difficile
à rencontrer de la série. »

LAVREINCE (D'après Nic.)

100 — LE LEVER DES OUVRIÈRES EN MODES, par L. C...
« Le Campion » (38).

> Très belle épreuve imprimée en couleurs. Grandes
marges.

LAVREINCE (D'après Nic.)

101 — LE JOLI PETIT SERIN.

— LA PETITE GUERRE.

> Deux jolies pièces faisant pendants et non décrites
dans l'œuvre de M. Bocher.
> Très belles épreuves imprimées en couleurs, remargées.

LAVREINCE (Attribué à Nic.)

102 — LE DÉJEUNER.

> Charmante pièce en couleurs dont la gravure est
attribuée à D. Soiron.
> Très belle épreuve remargée.

LAWRENCE (D'après Sir Thomas.)

103 — *Bloxam* (Miss), nièce de Sir Thomas Lawrence,
par F.-C. Lewis, 1830.

> Très belle épreuve rehaussée de couleurs. Grandes
marges.

LAWRENCE (D'après Sir Thomas)

104 — THE HAMILTON CHILDREN, par F.-C. Lewis, 1830.

> Très belle épreuve rehaussée de couleurs. Grandes marges.

LAWRENCE (D'après Sir Thomas)

105 — *Mead* (Lady Selina) Countess Clammartinies, par **T**. Doo, 1835.

> Belle épreuve. Grandes marges.

LE BRUN (D'après Mme Vigée)

106 — *Sabran* (Madame la marquise de). In-4º ovale, par **D**. Berger, 1787.

> Très belle épreuve en couleurs. Grandes marges.

LE CLERC (D'après)

107 — GOUVERNANTE D'ENFANTS CHEZ DES GENS DE QUALITÉ. In-4º, par Dupin.

> De la collection des grands costumes de Desrais et autres, publiée par Esnault et Rapilly.
> Très belle épreuve en couleurs. Grandes marges.

LE CŒUR (A Paris, chez Louis)

108 — L'ÉCOLIER EN VACANCES.

— LINDOR ET ZÉLIA. Que les hommes sont fous.

> Deux petites pièces rondes faisant pendants, avec glomy vert d'eau, imprimé.
> Très belles épreuves imprimées en couleurs. Marges.

LÉLY (D'après Peter)

109 — *Richmond* (Frances dutchess of). In-folio à la manière noire, par Th. Watson.

Très belle épreuve. Marges.

LÉLY (D'après Peter)

110 — *Rochester* (Henrietta, countess of). In-fol. à la manière noire, par Th. Watson.

Très belle épreuve. Marges.

LE PRINCE (D'après J.-B.)

111 — L'ENFANT CHÉHI, par N. De Launay.

Superbe épreuve avant la dédicace. Marges.

LEVILLY (J.-B.)

112 — A MAID.

Très belle épreuve imprimée en couleurs. Grandes marges.

LEVACHEZ

113 — DEUXIÈME SUITE DE CHEVAUX (nº 13', d'après Carle Vernet. In-fol. en larg.

Très belle épreuve imprimée en couleurs. Grandes marges.

MAITRE ANONYME FRANÇAIS DU XVIIIᵉ SIÉCLE

114 — LA FRANCE, SOUS LA FIGURE DE MINERVE, COURONNE LE GÈNIE DES ARTS, ASSIS DEVANT UN TERME.

> Quatrième planche à la série de Marie-Antoinette.
> Très belle épreuve en couleurs. Sur satin.

MALLET (D'après)

115 — L'ARRIVÉE DU MODELLE *(sic)*.

> Très belle épreuve imprimée en couleurs. Marges.

MALLET (D'après)

116 — LES BONNES AMIES. — L'IMPATIENCE AMOUREUSE. Deux pièces ovales faisant pendants. Gravées par De Séve.

> Très belles épreuves imprimées en couleurs. Marges.

MALLET (D'après)

117 — LE JARDINIER ENTREPRENANT, par Lemaire.

> Très belle épreuve imprimée en couleurs. Petites marges. Très rare.

MARIN (L.-M.)

118 — THE CHARMES OF THE MORNING.

— THE PLEASURES OF EDUCATION.

> Deux pièces ovales faisant pendants.
> Très belles épreuves imprimées en couleurs, avant l'impression du cadre doré.

MARIN (L.-M.)

119 — Provoking fidelity.

>   Très belle épreuve imprimée en couleurs. Rognée à l'ovale.

MARIN (L.-M.)

120 — Tête de jeune femme, dirigée vers la gauche, d'après Le Clerc (n° 229), sous la direction de Bonnet.

>   Très belle épreuve imprimée en couleurs. Marges.
>   L'invention de cette nouvelle manière de graver et d'imprimer l'or a été trouvée par Louis Marin, et mise au jour le 16 novembre 1774.

MARIN (L.-M.)

121 — Tête de jeune femme, profil à droite, d'après Le Clerc (n° 231), sous la direction de Bonnet.

>   Très belle épreuve imprimée en couleurs. Marges.
>   L'invention de cette nouvelle manière de graver et d'imprimer l'or a été trouvée par Louis Marin et mise au jour le 16 novembre 1774.

MOREAU LE JEUNE (D'après J.-M.)

122 — Déclaration de la grossesse, par P.-A. Martini.

>   Belle épreuve. Grandes marges.

MOREAU LE JEUNE (D'après J.-M.)

123 — N'AYEZ PAS PEUR MA BONNE AMIE, par Helman.

Belle épreuve. Grandes marges.

MORLAND (D'après G.)

124 — A CARRIERS STABLE, par **W**. Ward. In-fol.

Splendide épreuve imprimée en couleurs. A toutes marges, non ébarbées. Rare en pareille condition.

NATTIER (D'après M.-R.)

125 — MADAME DE *** EN HÉBÉ (*Louise-Henriette de Bourbon Conti, Duchesse d'Orléans*), par Hubert.

Très belle épreuve. Petites marges.

NORTHCOTE (D'après J.)

126 — A VISITE TO THE GRAND MOTHER, par J. R. Smith. In-fol.

Très belle épreuve en couleurs. Marges.

OWEN (D'après W.)

127 — LA MAITRESSE D'ÉCOLE. In-fol., à la manière noire, par J. Ward, 1804.

Très belle épreuve. Sans marges sur les côtés.

PAUL (D'après)

128 — A TRIP TO MELTON.

Suite de douze pièces en couleurs en forme de frises. Très belles épreuves. Sans marges.

PAYE (D'après R.-M.)

129 — THE COUNTRY GIRL. In-fol., gravé à la manière
noire, par J. Young.

Très belle épreuve. Petites marges.

PFEIFFER

130 — PORTRAIT D'UNE DAME ASSISE, PROFIL DIRIGÉ VERS
LA GAUCHE ET COIFFÉE D'UN CHAPEAU.

Très belle épreuve imprimée en bistre. Sans marges.

PFEIFFER

131 — PORTRAIT D'UNE DAME ASSISE ET LA CHEVELURE
BOUCLÉE.

Très belle épreuve imprimée en bistre. Sans marges.

PHILIPS (G.-H.)

132 — *Ashley* (The Honble M^{rs}), d'après Sir Thomas
Lawrence. In-4°, à la manière noire.

Belle épreuve. Toutes marges.

PHILIPS (G.-H.)

133 — *Murray* (Miss), d'après Sir Thomas Lawrence.
In-4°, à la manière noire.

Très belle épreuve. Grandes marges.

PHILLIPS (D'après T.)

134 — *Strafford* (Elisabeth Marchioness of), par
C. Turner.

> Superbe épreuve imprimée en couleurs du 1er état
> avant que la planche n'ait été réduite. Lettres non
> ombrées. Grandes marges. Rare.

PICART (Bernard)

135 — PREMIER DES MAGNIFIQUES CARROSSES DE MGR
LE DUC D'OSSUNA, ambassadeur extraordinaire
et premier plénipotentiaire de Sa Majesté Catho-
lique Philippe V, pour la paix ; faits pour l'en-
trée publique de Son Excellence à Utrecht, 1713.
Suite de six pièces et un titre.

> Superbes épreuves. Marges.

RAMBERG (D'après H.)

136 — *Princess Mary* (Her Royal Highness the).

— *Princess Sophia* (Her Royal Highness the).

> Deux charmants portraits ovales, faisant pendants,
> des Filles de Georges III, gravés par Nutter et Og-
> borne.
> Très belles épreuves. Marges.

REGNAULT (N.-F.)

137 — DORS, DORS...

— AH ! S'IL S'ÉVEILLAIT !

> Deux pièces faisant pendants.
> Très belles épreuves en couleurs. Marges.

REYNOLDS (D'après sir Joshua)

138 — *Bosville* (Miss). Devenue viscountess Dudley and Ward. Gravé à la manière noire, par Th. Watson, 1775.

> Très belle épreuve, rehaussée de couleurs. Petites marges.

REYNOLDS (D'après sir Joshua)

139 — *Edgcumbe* (The Honble Richard). Gravé à la manière noire, par Dickinson, 1774.

> Très belle épreuve. Marges.

REYNOLDS (D'après sir Joshua)

140 — *Hertford* (The R^t^ Hon, the marchioness of), par W. Nutter, 1797.

> Très belle épreuve imprimée en bistre. Marges.

REYNOLDS (D'après sir Joshua)

141 — *Hope* (Mrs Mary). Gravé à la manière noire, par E. Fisher.

> Très belle épreuve avant la lettre. Marges.

REYNOLDS (D'après sir Joshua)

142 — *Manners* (Lady Catherine), par J. Gaugain, 1785.

> Très belle épreuve imprimée en bistre. Marges.

REYNOLDS (D'après sir Joshua)

143 — MUSCIPULA.

— ROBINETTA.

Deux charmantes pièces faisant pendants, gravées par John Jones, 1786-1787.
Très belles épreuves. Marges.

REYNOLDS (D'après sir Joshua)

144 — *Spencer* (Lady Charles), tenant la tête de son cheval. A la manière noire, par Dickinson.

Très belle épreuve. Petites marges.

REYNOLDS (D'après sir Joshua)

145 — THE VESTAL. « Portrait de la Duchesse de Rutland, » par P.-W. Tomkins, 1798.

Très belle épreuve imprimée en bistre. Grandes marges.

ROMNEY (D'après G.)

146 — *Crouch* (M^rs), par Fr. Bartolozzi, 1788.

Très belle épreuve du premier tirage imprimée en bistre, avec la lettre au trait. Marges.

ROWLANDSON (T.)

147 — A. SKETCH FROM NATURE. In-fol.

Très belle épreuve imprimée en bistre. Petites marges.

SAINT-AUBIN (Aug. de)

148 — COMPTEZ SUR MES SERMENTS (E. B., 407).

Très belle épreuve. Marges.

SAINT-AUBIN (D'après Aug. de)

149 — LE CONCERT, par A.-J. Duclos (E. B., 403).

Superbe épreuve, avec de très grandes marges.

SAINT-AUBIN (D'après Aug. de)

150 — THE FIRST COME BEST SERVED. (Le premier arrivé est le mieux servi.) Petit ovale, gravé par Sergent.

Très belle épreuve imprimée en couleurs. Sans marges.

SAINT-AUBIN (D'après Aug. de)

151 — L'HEUREUX MÉNAGE.

— L'HEUREUSE MÈRE.

— LA SOLLICITUDE MATERNELLE.

— LA TENDRESSE MATERNELLE.

Suite de quatre pièces, gravées en couleurs par Sergent, Gautier l'aîné, Phelipaux et Moret. (E. B., 412 à 415.) Collection très rare à trouver réunie.

Superbes épreuves avant toutes lettres. Marges.

Cadres en baguettes anciennes.

SCHALL (D après)

152 — LE PREMIER BAISER DE L'AMOUR.

— L'ÉLYSÉE.

> Deux pièces faisant pendants, gravées par Aug. Le Grand.
> Très belles épreuves en couleurs. Marges.

SCHALL (D'après)

153 — JEAN-JACQUES ROUSSEAU, OU L'HOMME DE LA NATURE.

— LES CERISES.

> Deux pièces par Augustin Le Grand.
> Belles épreuves avant la lettre, toutes marges.

SMITH (J.-R.)

154 — ALMEIDA.

> Très belle épreuve imprimée en couleurs, rognée à l'ovale et remargée.

SMITH (J.-R.)

155 — CHARLOTTE AT THE TOMB OF WERTER. Méd. in-fol.

> Très belle épreuve avant l'adresse, imprimée en bistre et à la sanguine.

SMITH (J.-R.)

156 — A PARMESAN LADY, d'après W. Peters. In-4° à la manière noire.

> Très belle épreuve. Grandes marges.

SWEBACH-DESFONTAINES (D'après)

157 — Café des patriotes, par J.-B. Morret.

Très belle épreuve imprimée en couleurs. Petites marges.

TAUNAY (D'après)

158 — La Foire de village.

— La Noce de village.

— La Rixe.

— Le Tambourin.

Suite de quatre estampes, gravées par Descourtis. Très belles épreuves imprimées en couleurs. Remargées.

TAUNAY (D'après)

159 — Noce de village, par Descourtis.

Très belle épreuve imprimée en couleurs du 1er tirage, avec les armoiries. Marges du cuivre.

TAUNAY (D'après)

160 — Le Tambourin, par Descourtis.

Très belle épreuve imprimée en couleurs. Marges.

VAN GORP (D'après)

161 — Le Déjeuner de Fanfan, gravé par Malles sous la direction de Bonnet.

Superbe épreuve imprimée en couleurs. Toutes marges, non ébarbées. Très rare en aussi bel état de conservation.

VERNET (D'après Carle)

162 — LA DANSE DES CHIENS. In-fol., par Levachez
fils.

> Très belle épreuve imprimée en couleurs. Grandes
> marges.

VERNET (D'après Carle)

163 — PROMENADE EN GUIGNE. In-fol., par Levachez.

> Très belle épreuve imprimée en couleurs. Grandes
> marges.

WATTEAU (D'après Ant.)

164 — L'ACCORDÉE DE VILLAGE, par N. de Larmessin.
Grand in-fol.

> Très belle épreuve. Petites marges.

WATTEAU (D'après Ant.)

165 — AMUSEMENTS CHAMPÊTRES, par B. Audran.
In-fol.

> Très belle épreuve. Toutes marges.

WATTEAU (D'après Ant.)

166 — COMÉDIENS ITALIENS, par Baron.

> Belle épreuve. Marges.

WATTEAU (D'après Ant.)

167 — LA DANSE PAYSANNE, par B. Audran.

> Superbe épreuve. Grandes marges.

WATTEAU (D'après Ant.)

168 — La Lorgneuse, par G. Scotin.

> Très belle épreuve. Grandes marges.

WATTEAU (D'après Ant.)

169 — La Mariée de village, par C.-N. Cochin. In-fol.

> Très belle épreuve. Petites marges. La légende du bas est coupée.

WATTEAU (D'après Ant.)

170 — La Musette, par Moyreau.

> Très belle épreuve. Marges.

WATTEAU (D'après Ant.)

171 — Le Plaisir pastoral, par N. Tardieu.

> Très belle épreuve. Petites Marges.

WEST (D'après Benjamin)

172 — *Octavius* (His royal Highness Prince), fils de Georges 3, par Facius. 1785.

> Très belle épreuve. Grandes marges.

WEST (D'après D.)

173 — The golden age. Ovale in-fol. Gravé à la manière noire, par Val. Green. 1777.

> Très belle épreuve. Marges.
> Cadre ancien de l'époque Louis XVI, en bois sculpté et doré.

WHEATLEY (D'après F.)

174 — L'Avis paternel, par L. Schiavonetti.

> Très belle épreuve du 1er État avec la lettre ouverte
> et avant les huit vers au bas.

WILLE FILS (D'après P.-A.)

175 — Le Bouton de rose.

— La Curieuse.

> Deux pièces faisant pendants. Gravées par Voyez
> l'aîné.
> Très belles épreuves. Marges

WILLE FILS (D'après P.-A,)

176 — La Mère contente, par Ingouf.

> Très belle épreuve. Petites marges.

WILLIAMS (Sol\n)

177 — Simplicity, *dedicated to the R^t Honble Viscountess Dow^r Andover*.

> Pièce in-fol., publiée en 1805.
> Très belle épreuve imprimée en couleurs. Marges.

WOLSTENHOLME (Par et d'après)

178 — Chasse au renard.

> Suite de quatre pièces anglaises.
> Très belles épreuves en couleurs.

ESTAMPES ANCIENNES

APPARTENANT A DIVERS

ALIX (P.-M.)

179 — *Charlotte Corday*. Ovale in-4°.

> Superbe épreuve, imprimée en couleurs, avant toutes lettres. Marges.

ANONYME

180 — *Buonaparte*, général en chef de l'armée d'Italie. Petit ovale posé sur un chevalet et entouré de figures allégoriques.

> Belle épreuve imprimée en couleurs sur satin.

ANONYME

181 — Une Vente de Tableaux en Hollande. In-4° sans noms d'artiste.

> Très belle épreuve, curieuse.

BALTARD

182 — Vue de la Cour intérieure du Louvre.

> Belle épreuve. Sans marges.

BARTOLOZZI (Fr.)

183 — *Farren* (Miss), depuis comtesse de Derby, d'après sir Thomas Lawrence. In-fol. en pied.

> Très belle épreuve du 1er état avant le changement de la légende. Petites marges.
> Pièce rare et recherchée.

BAUDOUIN (D'après P.-A.)

184 — LE CARQUOIS ÉPUISÉ, par N. De Launay (E. B., 11'.

> Très belle épreuve. Grandes marges.

BAUDOUIN (D'après P.-A,)

185 — L'ÉPOUSE INDISCRÈTE, par N. De Launay (21).

> Belle épreuve. Marges.

BEECHY (D'après W.)

186 — THE GIPSY FORTUNE TELLER, par J. Young.

> Très belle épreuve imprimée en couleurs. Sans marges.

BIGG (D'après W.-R.)

187 — BLACK MONDAY OR THE DÉPARTURE FOR SCHOOL.

— DULCE DOMUM OR THE RETURN FROM SCHOOL.

> Deux pièces faisant pendants, gravées par J. Jones.
> Très belles épreuves imprimées en couleurs. Marges.
> Cadres anciens en bois sculpté et doré.

BIGG (D'après W.-R.)

188 — UN JEUNE MATELOT RACONTANT SON NAUFRAGE A LA PORTE D'UNE CHAUMIÈRE.

— LE RETOUR DU JEUNE MATELOT APRÈS UN HEUREUX VOYAGE.

Deux pièces faisant pendants, gravées par J. Schmitz. Très belles épreuves imprimées en couleurs. Grandes marges. (Mouillures dans le bas.)

BOILLY (D'après Louis)

189 — A! QU'IL EST JOLI? par Augustin le Grand.
Belle épreuve en couleurs. Marges.

BOILLY (D'après Louis)

190 — L'AMANT FAVORISÉ.

— LA COMPARAISON DES PETITS PIEDS.

Deux pièces faisant pendants, gravées par Alex. Chaponnier.
Très belles épreuves en couleurs. Grandes marges.

BOILLY (D'après Louis)

191 — L'AMANT MUSICIEN, par J.-P. Levilly.
Très belle épreuve. A toutes marges, non ébarbées.

BOILLY (D'après Louis)

192 — L'Amusement de la campagne.

— La Solitude.

> Deux charmantes pièces, faisant pendants, gravées par S. Tresca.
> Très belles épreuves imprimées en couleurs. Marges.

BOILLY (D'après Louis)

193 — Le Cadeau délicat, par S. Tresca.

> Très belle épreuve imprimée en couleurs. Marges.

BOILLY (D'après Louis)

194 — On la tire aujourd'hui, par Tresca.

> Belle épreuve.

BOILLY (D'après Louis)

195 — Poussez ferme, par Petit.

> Très belle épreuve. Grandes marges.

BOILLY (D'après Louis)

196 — Prends ce biscuit, par G. Vidal.

> Belle épreuve en couleurs. Marges.

BONNET (L.-M.)

197 — Le Réveil de Vénus, d'après Fr. Boucher.

> Très belle épreuve aux crayons de couleurs. Petites marges.

BOUCHER (D'après Fr.)

198 — LA BAIGNEUSE SURPRISE, par J. Daullé.

Très belle épreuve avec de grandes marges.

CANOT (D'après Ph.)

199 — LE MAITRE DE DANSE, par Le Bas, 1745.

Très belle épreuve. Grandes marges.

CHALLE (D'après)

200 — ESTELLE ET NÉMORIN.

— LE PANIER RENVERSÉ.

Deux pièces ovales faisant pendants. Gravées par L. Buisson.

Belles épreuves rognées à l'ovale dans le même cadre.

CHALLE (D'après)

201 — THE OFFICIOUS WAITING WOMAN, par Chaponnier.

Très belle épreuve. Marges. (Légères restaurations dans la marge du bas.)

CHALMANDRIER (N.)

202 — PLACE DE LA VILLE ET DES FAUBOURGS DE PARIS. Grand in-4° avec vues de monuments et de places comme entourage.

Très belle épreuve.

CHARDIN (D'après J.-B.-S.)

203 — LE NÉGLIGÉ OU TOILETTE DU MATIN, par Le Bas, 1741 (E. B., 38 A).

Très belle épreuve. Petites marges.

CHEREAU (Publ. chez Mme Vve)

204 — LE JEU DE PARIS EN MINIATURE. Forme de jeu d'oie.

Très belle épreuve. Grandes marges.

COSTUMES MODES

205 — LE SEIGNEUR ET LA DAME DE LA COUR.

— L'ÉVÊQUE ET L'ABESSE.

— LE MAGISTRAT ET LE MILITAIRE.

— LES RELIGIEUX ET LES RELIGIEUSES.

— LE FINANCIER ET L'ABBÉ.

— LE BOURGEOIS ET LA BOURGEOISE.

— LE MÉDECIN.

— ARTISANS : LE MAÇON ET LA BLANCHISSEUSE.

— LE JARDINIER ET LA PAYSANNE.

— LE PAUVRE DE L'UN ET L'AUTRE SEXE.

Collection de dix pièces in-4°, avec légendes au bas, publiées en 1772.

Très belles épreuves. Grandes marges.

COSTUMES, MILITAIRES

206 — COSTUMES DES REPRÉSENTANTS DU PEUPLE ET DES
GÉNÉRAUX DE LA RÉPUBLIQUE. In-fol.

Très belle épreuve coloriée. (Collection Soulavie.)

COUSINS (Samuel)

207 — *Croker* (Miss), d'après Sir Thomas Lawrence.

Très belle épreuve.

COUSINS (Samuel)

208 — *Hope* (Master). In-4°, d'après Sir Thomas
Lawrence.

Très belle épreuve avec la petite lettre.

COUSINS (Samuel)

209 — PORTRAIT DE LA DUCHESSE DE SUTHERLAND AVEC
SON ENFANT, d'après Sir Thomas Lawrence. In-fol.

Très belle épreuve sur papier de Chine.

DAULLÉ (J.)

210 — *Favart* (Madame), dans le rôle de Bastienne,
d'après C. Vanloo, 1754. In-fol.

Très belle épreuve du 1er État, avant les mots : *Portrait
en pied de M*me *Favart.* Marges. (Collection A.-F. Didot.)

DEBUCOURT (P.-L.)

211 — L'ESCALADE OU LES ADIEUX DU MATIN (M. F., 13).

> Très belle épreuve imprimée en couleurs du 4e état.
> Sans marges.

DEBUCOURT (P.-L.)

212 — MINET AUX AGUETS (57).

> Aquatinte, traits à l'eau-forte et pointillé.
> Très belle épreuve en couleurs. Grandes marges.

DEBUCOURT (P.-L.)

213 — JOUIS TENDRE MÈRE (58).

> Gravure à la manière noire, avec les chairs imprimées
> en ton chair.
> Très belle épreuve. Marges. Rare.

DEMARTEAU (Gilles)

214 — GROUPE D'AMOURS TENANT DES GRAPPES DE RAISINS, d'après Fr. Boucher.

> Très belle épreuve aux crayons de couleurs. Sans
> marges.
> Beau cadre ancien en bois sculpté et doré de l'époque
> Louis XIV.

DESRAIS (Cl.-Ch.)

215 — MODÈLES DE COIFFURES ET DE CHAPEAUX, douze sujets sur la même feuille. (P. P., 228.)

> Belle épreuve, les figures légèrement rehaussées de
> couleurs.

DEVÉRIA (Eugène)

216 — PORTRAIT DE FEMME ASSISE. Lithographie in-8°.

> Très belle épreuve, avant toutes lettres.
> Cadre en citronnier, avec bordure ovale en bronze doré.

DREVET (P.)

217 — *Rigaud* (Hyac.). D'après lui-même. In-fol. (F. D., 112).

> Très belle épreuve du 3e état, avant les points sur les *i* du mot *pinxit*. Petites marges. Très rare.
> Cadre en baguette dorée ancienne, de l'époque Louis XVI.

ÉCOLE ANGLAISE

218 — ALLÉGORIES SUR LA PAIX, LA JUSTICE, LA FORCE ET LA VÉRITÉ.

> Suite de quatre pièces en médaillons.
> Belles épreuves imprimées en couleurs. Sans marges.

ÉCOLE ANGLAISE

219 — THE BEAUTY IN BED. Ovale in-4°, gravé au pointillé. Sans noms d'artistes.

> Très belle épreuve imprimée en bistre. Marges.

ÉCOLE ANGLAISE

220 — LES DÉNICHEURS.

— LA RÉPRIMANDE.

> Deux pièces in-fol. faisant pendants, gravées à la manière noire. « Légères restaurations. »

ÉCOLE ANGLAISE

221 — THE VILLAGE DOCTORESS.

> Très belle épreuve, gravée à la manière noire. Avant toutes lettres. Restauration dans la marge de gauche.

EDELINCK (Gérard)

222 — *Poisson* (Raymond), comédien, d'après J. Netscher, In-fol. (R. D., 299).

> Très belle épreuve du 2ᵉ état, avec la faute corrigée et avant la date de 1682. Marges.

FRAGONARD (D'après H.)

223 — L'AMOUR INGÉNIEUX.

— TÉLÉMAQUE ET EUCHARIS.

> Deux pièces ovales faisant pendants, gravées par Legrand Furcy.
> Très belles épreuves imprimées en couleurs. Marges.

FRAGONARD (D'après H.)

224 — LA FAMILLE DU FERMIER, gravé à l'eau-forte, par C.-P. Marillier et terminé au burin, par Romanet.

> Superbe épreuve avant toutes lettres. Petites marges.

FREUDENBERG (D'après S.)

225 — Le Coucher, gravé à l'eau-forte, par Duclos,
et terminé au burin, par Bosse.

Très belle épreuve. Marges.

FREUDENBERG (D'après S.)

226 — L'Evénement au bal, gravé à l'eau-forte, par
Duclos et terminé au burin, par Ingouf junior.

Très belle épreuve. Marges.

FREUDENBERG (D'après S.)

227 — La Matinée.

— La Surprise.

Deux pièces du monument du costume, complétant
la série de Moreau le Jeune.
Belles épreuves. Grandes marges.

HOUSTON (Richard)

228 — *George* (His Royal Highness). Prince of
Wales, etc., d'après Hen. Morland. In-fol. à la
manière noire.

Très belle épreuve. Marges.

HUET (D'après J.-B.)

229 — La Bergerie, par Bonnet.

Belle épreuve en couleurs. Petites marges.

HUET (D'après J.-B.)

230 — Étude pour les demoiselles.

> Cinq pièces de costumes en pied. Gravées par Bonnet et Guber.
>
> Belles épreuves à toutes marges, dont trois imprimées à la sanguine.

ISABEY (J.-B.)

231 — Invitation a un bal déguisé de J. Isabey, le mardi-gras 1819. Lithographie, in-18.

> Très belle épreuve bien conservée *au nom de M. Debez*.

LAGRENÉE LE JEUNE (D'après)

232 — Les Enfants chéris.

— L'Heureuse Mère ?

> Deux pièces faisant pendants, gravées par Bonnet et Chaponnier.
>
> Très belles épreuves imprimées en couleurs. Marges. La seconde est avant la lettre.

LAWRENCE (D'après sir Thomas)

233 — Calmady Children, par F.-C. Lewis.

> Très belle épreuve avant la lettre sur papier de Chine, les figures légèrement rehaussées de couleurs.

LAWRENCE (D'après sir Thomas)

234 — *Dover (Lady)*. In-4º d'après sir Thomas Lawrence.

> Très belle épreuve du 1er tirage avec le mot *Proof* et avec la petite lettre.

LAWRENCE D'après sir Thomas)

235 — *Murray* (Miss). In-fol., par G.-H. Philipps.

> Très belle épreuve du 1er tirage, avec le mot *Proof* et avec la petite lettre.

LAWRENCE (D'après sir Thomas)

236 — *Peel* (Lady). In-4°, par W. Giller.

> Très belle épreuve, avec la petite lettre.

LAWRENCE (D'après sir Thomas)

237 — The Marquis of Douglas and Clydesdale and the lady Susan Hamilton, son and daughter of His grace the Duke of Hamilton, par F.-C. Lewis.

> Très belle épreuve avant la lettre. Sur papier de Chine.

LAWRENCE (D'après sir Thomas)

238 — Rural amusement, par John Bromley.

> Très belle épreuve. Grandes marges.

LAWRENCE (D'après sir Thomas)

239 — *Wilton* (The Countess of Wilton). In-4°, par G.-H. Philips.

> Très belle épreuve du 1er tirage, avec le mot *Proof* et avec la petite lettre.

LAVREINCE D'après N.)

240 — L'ACCIDENT IMPRÉVU (E. B., 1).
— LA SENTINELLE EN DÉFAUT (58).

Deux estampes in-folio faisant pendants.
Très belles épreuves du 1er tirage imprimées en bistre, *avec les armoiries*. Grandes marges.

LAVREINCE (D'après N.)

241 — LE BILLET DOUX (10).
— QU'EN DIT L'ABBÉ? (51).

Deux estampes in-folio faisant pendants, par N. De Launay.
Très belles épreuves, avec de grandes marges.

LE CŒUR

242 — FÊTES DU SACRE ET DU COURONNEMENT DE LEURS MAJESTÉS IMPÉRIALES. Collection de sept pièces ; in-fol.

Superbes épreuves imprimées en couleurs. Très grandes marges.

MARYE

243 — LE SOUVENIR. *Published by Chereau et Joubert*. In-4°.

Très belle épreuve imprimée en couleurs. Grandes marges.

MOREAU LE JEUNE (D'après J.-M.)

244 — J'EN ACCEPTE L'HEUREUX PRÉSAGE.

— OUI OU NON.

— LA PETITE TOILETTE.

>Trois pièces du monument du costume, gravées par Thomas, Martini et Trière.
>Belles épreuves. Grandes marges.

MORLAND (D'après G.)

245 — THE FIRST OF SEPTEMBER : EVENING, par W. Ward, 1799.

>Très belle épreuve en couleurs. Marges.
>Cadre ancien de l'époque Louis XVI, en bois sculpté et doré.

MORLAND (D'après G.)

246 — THE CORN BIN, d'après J.-R. Smith.

>Très belle épreuve imprimée en couleurs. Marges.
>Cadre ancien de l'époque Louis XVI en bois sculpté et doré.

REGNAULT (N.-F.)

247 — DORS, DORS.

— AH ! S'IL S'ÉVEILLAIT.

>Deux pièces faisant pendants, superbes épreuves avant toutes lettres imprimées à la sanguine. Grandes marges.

RÉVOLUTION (Pièces sur la)

248 — *Marie-Antoinette*, archi-duchesse d'Autriche, sœur de l'Empereur, Reine de France. Médaillon in-8°, sans noms d'artistes.

> Très belle épreuve imprimée en bistre. La figure légèrement rehaussée de couleurs. Petites marges. Rare.

249 — MONUMENTS NATIONAUX ÉLEVÉS POUR LA FÊTE DE LA FRATERNITÉ, CÉLÉBRÉE LE 10 AOUT 1793. A Paris chez Blanchard, graveur. Cinq médaillons tirés sur la même feuille.

> Très belle épreuve en couleurs. Marges.

250 — PRINCIPAUX TRAITS DE LA RÉVOLUTION FRANÇAISE, PREMIÈRE QUINZAINE EN JUILLET 1789.

— PRINCIPAUX TRAITS DE LA RÉVOLUTION FRANÇAISE, DEUXIÈME QUINZAINE 5 ET 6 OCTOBRE.

> Collection de quarante pièces en médaillon « ayant servis pour des boutons. » *Publiée chez le sieur Martini.* Très belles épreuves en couleurs. Marges. Rare.

251 — VUE DU CHAMP DE MARS LE 12 JUILLET 1789. In-4° en larg.

> Très belle épreuve imprimée en couleurs, rognée de trois côtés. (Collection Soulavie.)

REYNOLDS (S.-W.)

252 — THE GIPSY. In-4°, d'après sir Thomas Lawrence.

> Très belle épreuve du 1er tirage, avec le mot *Proof* et avec la petite lettre.

ROMNEY (D'après G.)

253 — *Dayé* (Lady). In-4° à la manière noire.

Très belle épreuve, avant toutes lettres. Marges.

ROMNEY (D'après G.)

254 — *Jordan* (Mrs). In the character of the country Girl, par J. Ogborne, 1788.

Très belle épreuve imprimée en bistre.

SAINT-AUBIN (D'après Aug. de)

255 — L'HEUREUX MÉNAGE.

— L'HEUREUSE MÈRE.

— LA SOLLICITUDE MATERNELLE.

— LA TENDRESSE MATERNELLE.

Suite de quatre pièces, gravées en couleurs par Sergent, Gautier, Phelipeaux et Moret. (E. B., 412 à 415.) Très belles épreuves. Marges.

SAINT-AUBIN (Gab. de)

256 — ALLÉGORIE SUR LE MARIAGE DE MONSEIGNEUR LE COMTE DE PROVENCE. In-4° à l'eau-forte.

Très belle épreuve. Petites marges. Rare.

SCHALL (D'après)

257 — LES ESPIÈGLES, par Descourtis. In-fol.

Superbe épreuve imprimée en couleurs, avec très grandes marges.

SCHALL (D'après)

258 — ESTELLE ET NÉMORIN.

— NÉMORIN ET ESTELLE.

Deux pièces ovales in-4° faisant pendants, gravées
par Massol.
Belles épreuves imprimées en couleurs. Marges. La
seconde est avec la lettre grise.

SERGENT (D'après)

259 — THE DAY'S FOLLY.

— THE MAGNETISM.

Deux petites pièces en médaillons faisant pendants.
Gravées par Guyot.
Très belles épreuves imprimées en couleurs. Marges.

SERGENT (D'après et autres)

260 — *Portraits des grands hommes*, femmes illus-
tres et sujets mémorables de France. Gravés
et imprimés en couleurs. *A Paris chez Blin*, s.
d. in-4°.

Titre, dédicace, et cent quatre vingt-douze portraits
et sujets imprimés en couleurs,
Très belles épreuves, la plupart à toutes marges.

SMITH (D'après J.-R.)

261 — A WIDOW.

— WHAT YOU WILL.

Deux charmantes pièces in-4° faisant pendants.
Très belles épreuves. Marges.

VANGELISTY (V.)

262 — *Charles Gravier, comte de Vergennes*, ministre, vu jusqu'aux genoux, d'après Callet. In-fol.

> Très belle épreuve avant les noms d'artistes. Marges. Au verso, se trouve collées deux lettres autographes de Vergennes et de Durival, annonçant l'envoi de l'estampe à M. de Sivry, à Nancy.

VIDAL

263 — La Cuisinière française.

— Le Malin cuisinier.

> Deux pièces in-4° en larg., d'après Cottibert et Gazard.
> Très belles épreuves imprimées en couleurs. Marges.

WALKER (J.)

264 — Maternal Love. Ovale, 1790.

> Très belle épreuve imprimée en bistre. Marges.

WATSON (J.)

265 — Lucinda, d'après P. Falconet.

> Très belle épreuve. Grandes marges.

WESTALL (D'après)

266 — Jeux d'Enfants, par Schiavonetti.

> Très belle épreuve avant toutes lettres, imprimée en bistre. Grandes marges.

WHEATLEY (D'après F.)

2C7 — The Return from milking, par C. Turner, 1800.

       Très belle épreuve imprimée en couleurs. Marges.

WHEATLEY (D'après F.)

268 — The Familly dinner, par Bartolotti.

       Belle épreuve en couleurs. Marges.